JARBAS DOMINGOS

# DANJU

JARBAS DOMINGOS

# DANJU

Copyright do texto e das ilustrações © 2022 Jarbas Domingos

| | |
|---:|:---|
| Direção e curadoria | Fábia Alvim |
| Gestão comercial | Rochelle Mateika |
| Gestão editorial | Felipe Augusto Neves Silva |
| Diagramação | Luisa Marcelino |
| Revisão | Melissa Cerón |

Dados Internacionais de Catalogação na Publicação (CIP) de acordo com ISBD

---

D671d     Domingos, Jarbas

Danju / Jarbas Domingos ; ilustrado por Jarbas Domingos. - São Paulo, SP : Saíra Editorial, 2022.
48 p. : il. ; 20cm x 24cm.

ISBN: 978-65-86236-84-2

1. Literatura infantil. I. Título.

CDD 028.5

2022-3880

CDU 82-93

---

Elaborado por Odilio Hilario Moreira Junior - CRB-8/9949

Índice para catálogo sistemático:
1. Literatura infantil 028.5
2. Literatura infantil 82-93

Todos os direitos reservados à Saíra Editorial

📞 (11) 5594 0601     🟢 (11) 9 5967 2453
📷 @sairaeditorial     f /sairaeditorial
🌐 www.sairaeditorial.com.br
📍 Rua Doutor Samuel Porto, 396
    Vila da Saúde – 04054-010 – São Paulo, SP

Dedico este livro aos meus filhos, Daniel e Júlia,
que todos os dias me ensinam sobre mim.

DANJU ERA UM RINOCERONTE TRANQUILO QUE SE CONTENTAVA COM POUCO. DANJU NÃO TINHA UMA TOCA COMO OS OUTROS ANIMAIS.

QUANDO CHOVIA, APROVEITAVA A CHUVA PARA SE REFRESCAR.

DEPOIS SECAVA SUA GROSSA PELE AO SOL.

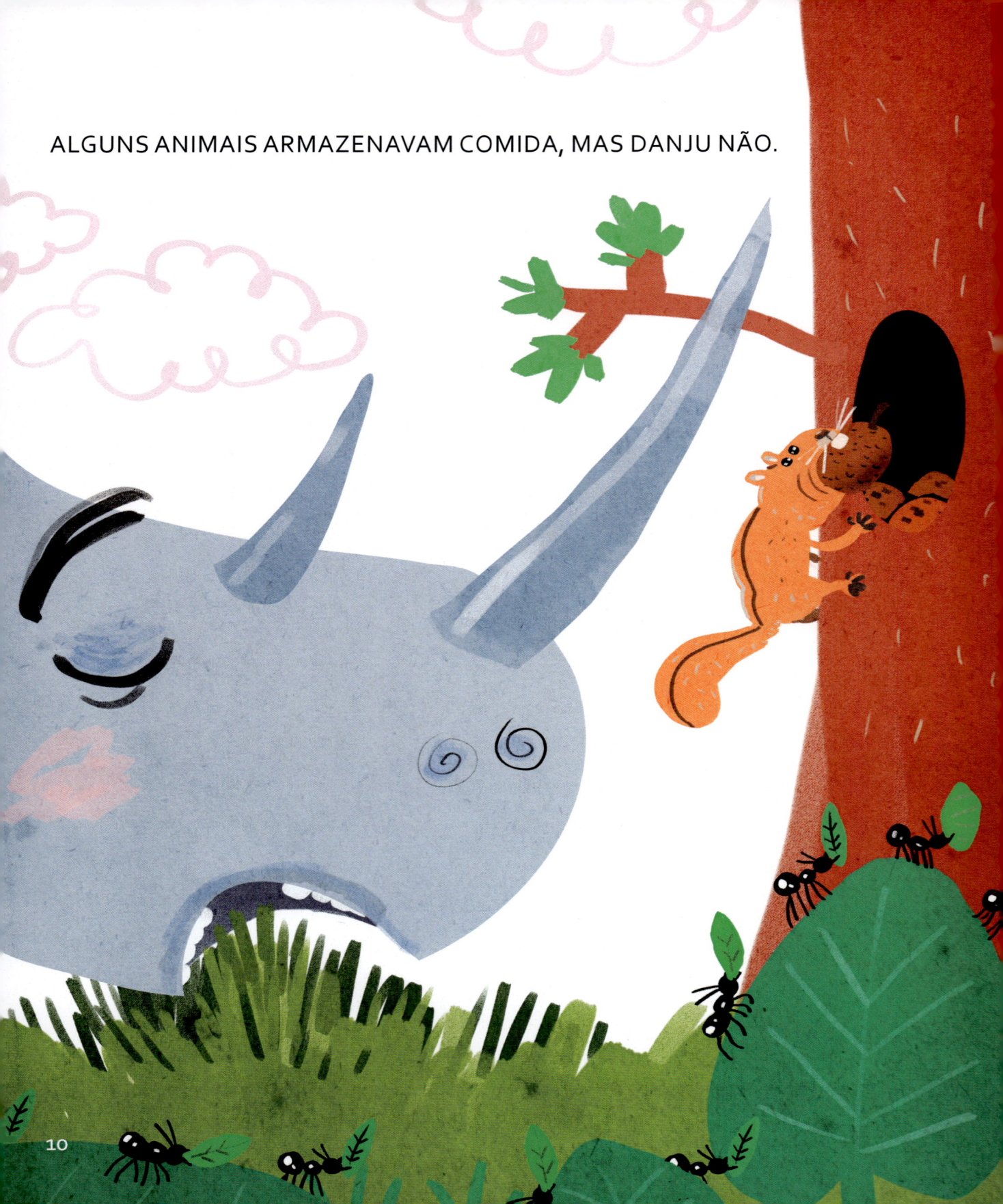

ALGUNS ANIMAIS ARMAZENAVAM COMIDA, MAS DANJU NÃO.

MUITO GRANDE E FORTE, TINHA UM CHIFRE ENORME E QUASE NENHUMA PREOCUPAÇÃO.
DORMIA A QUALQUER HORA E EM QUALQUER LUGAR.

UMA MANHÃ DANJU ACORDOU COM ALGO DIFERENTE BEM NA FRENTE DE SEUS OLHOS.

DANJU NÃO SE IMPORTOU MUITO E RESOLVEU IGNORAR. CONTINUOU COMENDO E DORMINDO SEMPRE QUE DAVA VONTADE, MAS UM DIA ESCUTOU PIADOS.

DOIS FILHOTES DE PASSARINHO SAÍRAM DO NINHO E, DEPOIS DE COMEREM MOSQUITOS, VOLTARAM RAPIDAMENTE PARA DENTRO.

NUM DIA DE TEMPESTADE FORTE, O VENTO DESMANCHOU O NINHO.

QUANDO ANOITECEU, OS FILHOTES COMEÇARAM A TREMER DE FRIO.
DANJU SENTIU ALGO QUE NUNCA TINHA SENTIDO ANTES.
E RESOLVEU AGIR.

ABRIU A BOCA E OS PASSARINHOS ENTRARAM.
PROTEGIDOS DO FRIO, ADORMECERAM.

SEM O NINHO, OS PASSARINHOS PASSAVAM O DIA BRINCANDO EM CIMA DE DANJU.

DANJU AGORA SÓ CONSEGUIA DORMIR QUANDO OS PASSARINHOS CAÍAM NO SONO DENTRO DE SUA BOCA.

DE MANHÃ, LOGO CEDO, ACORDAVAM PIANDO, CHEIOS DE ENERGIA. DANJU TAMBÉM ACORDAVA.

OS PASSARINHOS FORAM CRESCENDO E JÁ PRECISAVAM DE MAIS BICHINHOS PARA COMER.

DANJU APRENDEU A DESCOBRIR QUAIS TRONCOS DE ÁRVORE TINHAM INSETOS.

UMA NOITE, OS PASSARINHOS FORAM ENTRAR NA BOCA DE DANJU PARA DORMIR, MAS NÃO COUBERAM. HAVIAM CRESCIDO AINDA MAIS.

DANJU TINHA VISTO MUITOS NINHOS EM SUAS ANDANÇAS ATRÁS DE TRONCOS COM INSETOS E RESOLVEU FAZER SEU PRÓPRIO NINHO. UM EM QUE COUBESSEM UM RINOCERONTE E DOIS PASSARINHOS.

CATOU GALHOS SECOS ESPALHADOS PELO CHÃO
E COM MUITO ESFORÇO FEZ UM NINHO GRANDÃO.

ERA ESPAÇOSO, QUENTINHO E RESISTENTE AO VENTO.

UMA NOITE, ENTROU UMA COBRA DENTRO DO NINHO QUERENDO DEVORAR OS PASSARINHOS.

DANJU FICOU FURIOSO E ARREMESSOU A COBRA
LÁ LONGE USANDO SEU CHIFRE COMO ALAVANCA.

UM BELO DIA, TEVE UMA IDEIA. COM SEU GRANDE CHIFRE CAVOU EM TORNO DO NINHO E SAIU CAVANDO ATÉ O LAGO.

DANJU CRIOU SUA PRÓPRIA ILHA E AGORA SE SENTIA MAIS TRANQUILO. FEZ ATÉ UMA PONTE COM UM GRANDE TRONCO DE MADEIRA.

DE DIA, ELE EMPURRAVA O TRONCO PARA PROCURAR INSETOS COM OS PASSARINHOS E, DE NOITE, RECOLHIA PARA NENHUMA COBRA ENTRAR. FOI ASSIM POR MUITOS DIAS E MUITAS NOITES.

DAÍ ELES VOARAM PARA FORA DO NINHO.

ALGUNS DIAS DEPOIS, VOARAM ATÉ FORA DA ILHA.

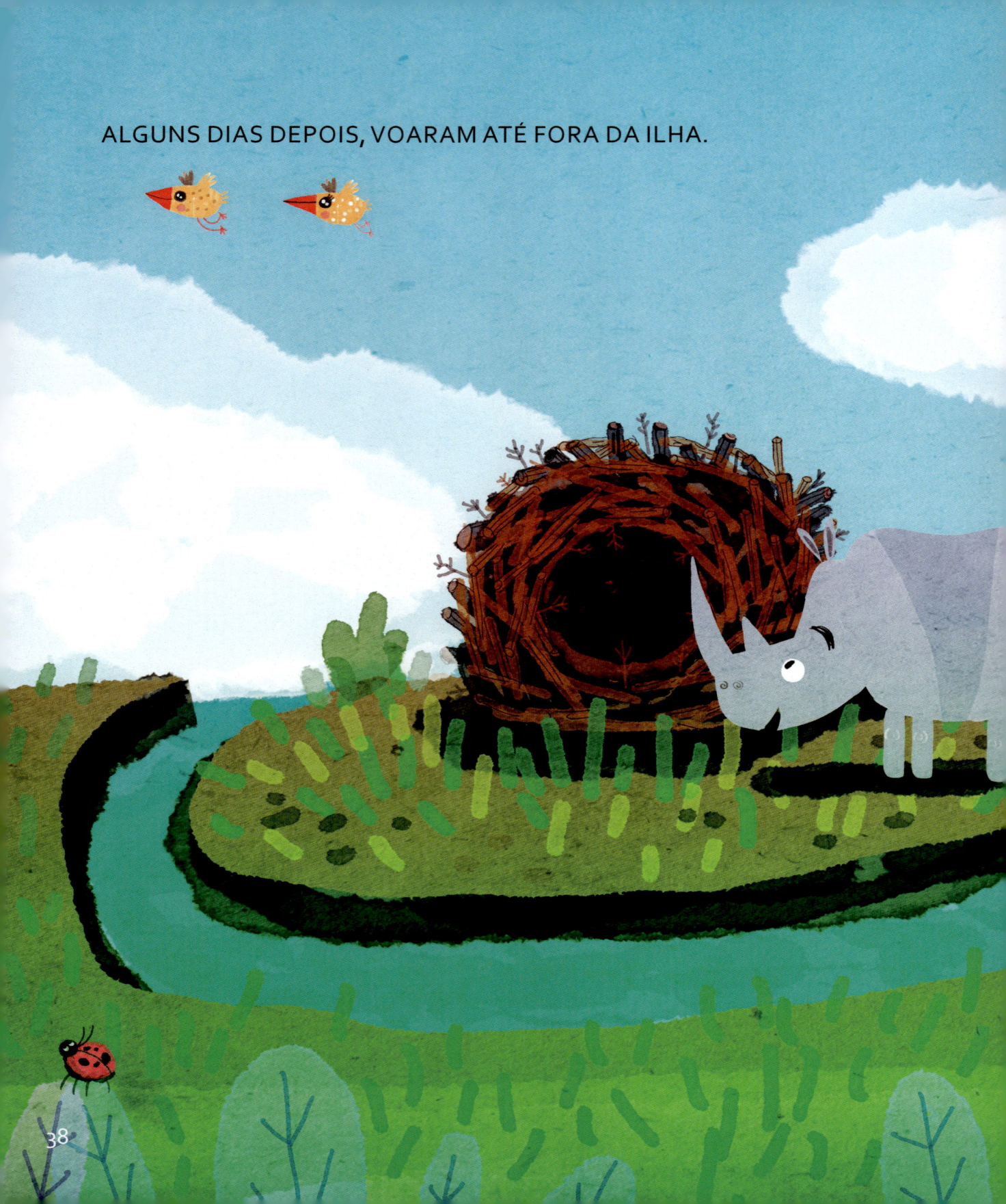

ATÉ QUE, UM DIA, VOARAM ALÉM DAS MONTANHAS.

DANJU ESPEROU, ESPEROU... ELES NÃO VOLTARAM.
FICOU OLHANDO PARA O CÉU POR DIAS E SE ESQUECEU ATÉ DE COMER.

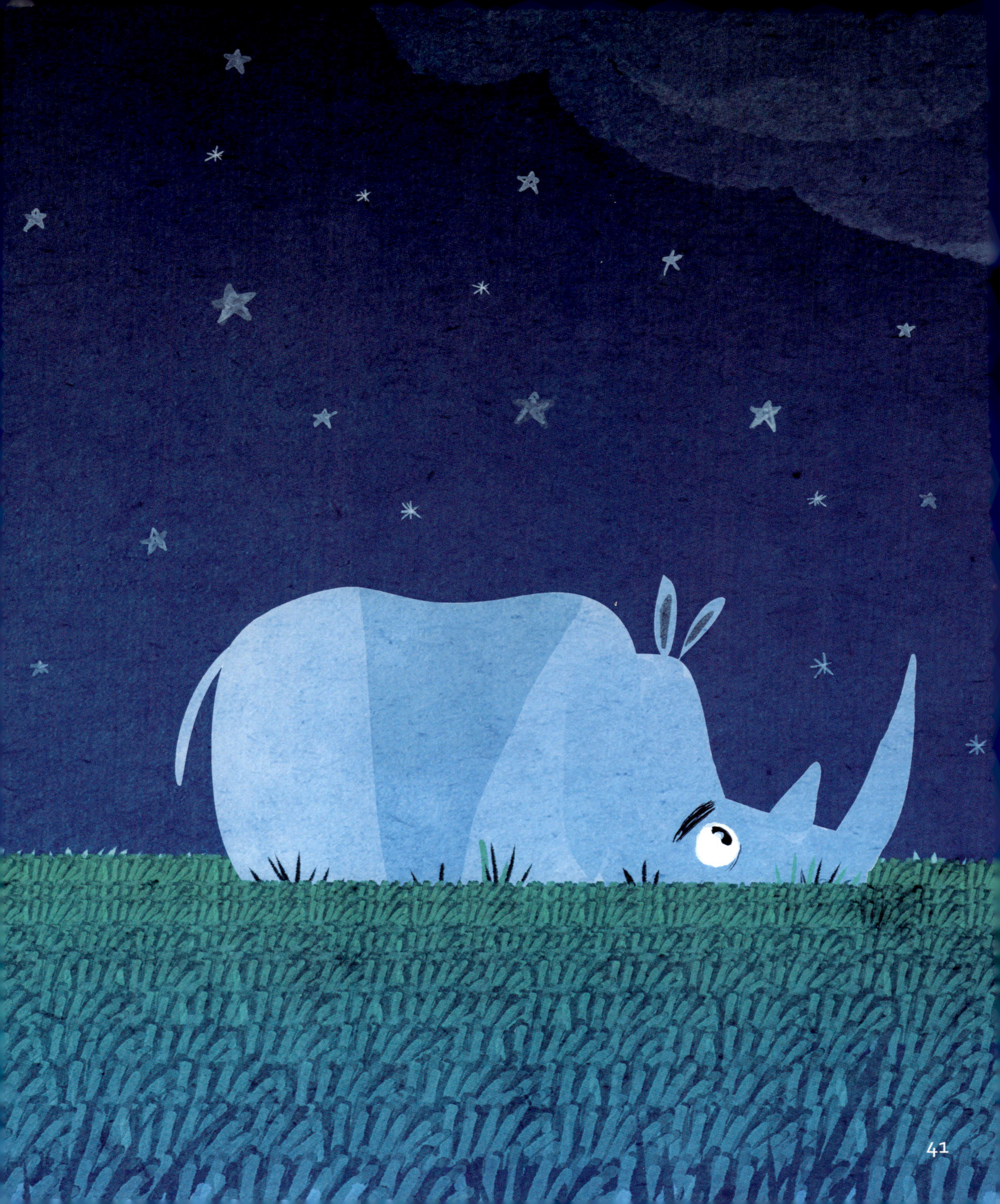

DANJU NÃO ERA MAIS UM RINOCERONTE TRANQUILO QUE SE CONTENTAVA COM POUCO. ESTAVA DIFERENTE.

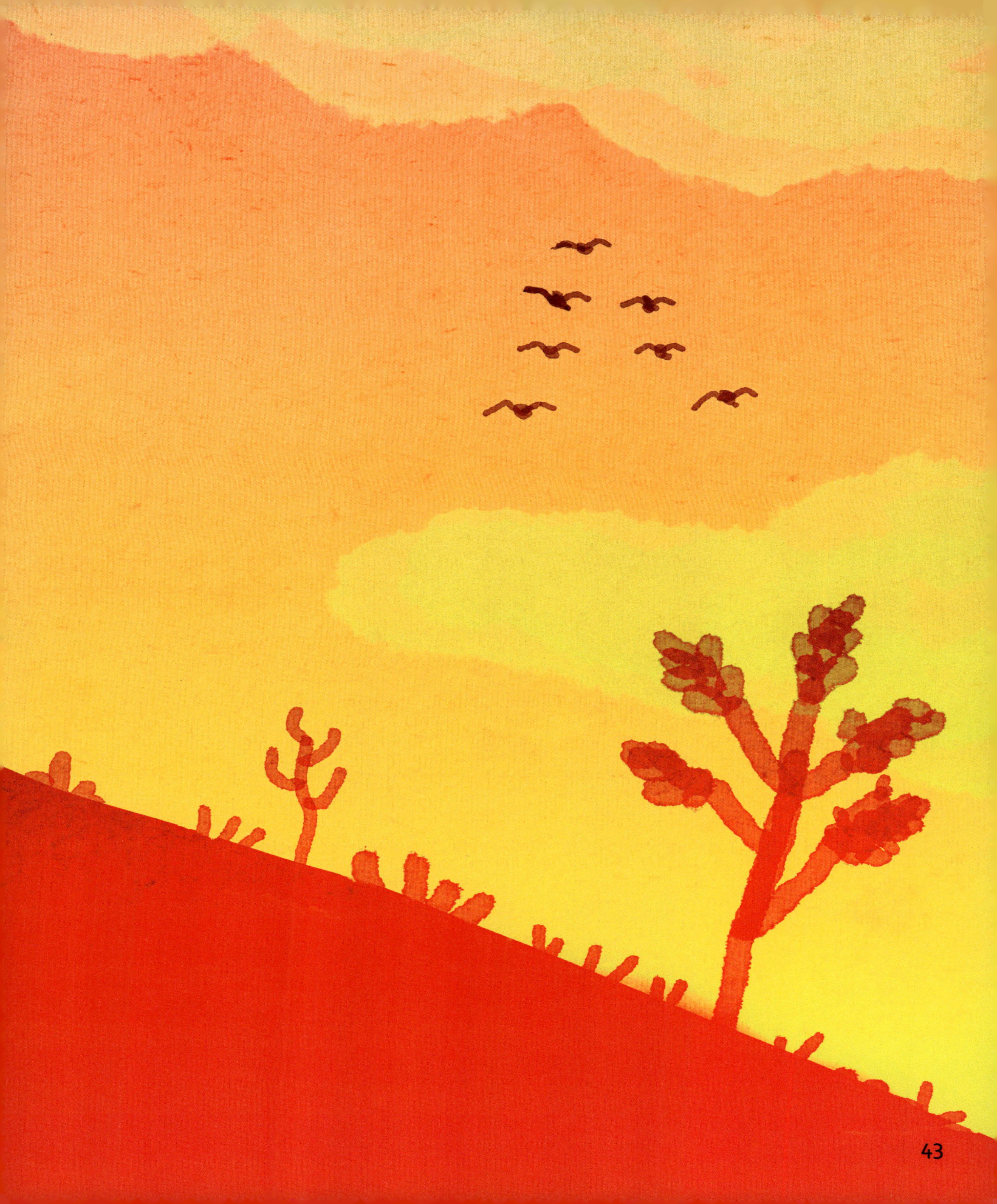

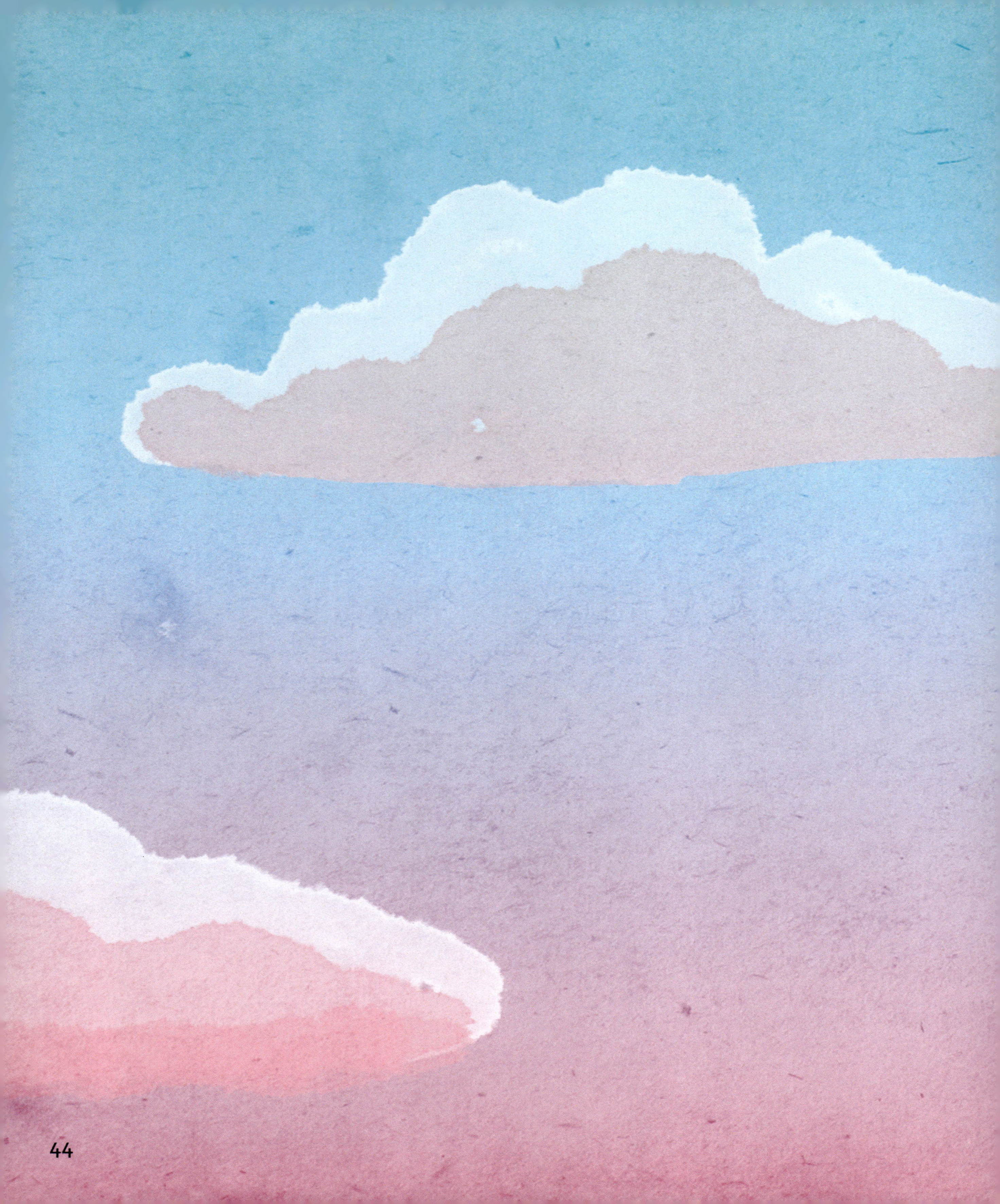

CANSOU DE ESPERAR E DECIDIU APRENDER A VOAR.

### JARBAS DOMINGOS

É pai, ilustrador, designer e autor de histórias infantis e quadrinhos.
Trabalha como cartunista desde 1998. Seus trabalhos foram premiados em salões nacionais e internacionais, como o *World Press Cartoon* de Portugal. Este livro é uma obra divertida para crianças inspirada no amor, no medo e na coragem de quem quer aprender com os filhos – que aparecem na foto.

www.jarbasdomingos.com

Esta obra foi composta em Corbel e
impressa em offset sobre papel couché fosco 115 g/m²
para a Saíra Editorial em 2022